W9-CAL-215

Un dragón a dieta

MONTAÑA
ENCANTADA

Carles Cano
Ilustrado por Juan Bravo

Un dragón a dieta

EVEREST

AQUÉL ERA UN DRAGÓN GORDÍSIMO.
ESTABA TAN RELLENO QUE CONTINUAMENTE
TENÍA QUE CONTRATAR ALBAÑILES PARA
QUE LE AMPLIARAN LA CUEVA.

PUES BIEN, ESTE DRAGÓN AL QUE TODOS
LLAMABAN TRAGÓN, QUE ERA CAPAZ
DE COMERSE MEDIO ZOOLÓGICO DE UNA
SENTADA, DECIDIÓ, QUIÉN SABE POR QUÉ,
PONERSE A RÉGIMEN.

COMO ERA TERRIBLEMENTE EXAGERADO PARA
TODO, AQUEL PRIMER DÍA DE DIETA SÓLO
COMERÍA UNA ACEITUNA,
ESO SÍ, DE ESAS
BIEN GORDAS.

DISPUSO SU MEJOR MESA CON MANTELES DE
HILO, LA VAJILLA DE LA ABUELA,
LA CUBERTERÍA DE PLATA DE SU TESORO,
LA CRISTALERÍA DE BOHEMIA, AQUELLA
QUE CUANDO LE DABAS UN TOQUECITO CON
LA UÑA SE PASABA MEDIA HORA SONANDO,
Y, ¡ZAS!, DE UN SOLO BOCADO SE ZAMPÓ
LA ACEITUNA CON HUESO Y TODO.

LA ACEITUNA FUE DANDO TUMBOS POR
DENTRO DEL DRAGÓN HASTA QUE
TOCÓ FONDO.

ENTONCES SE ARMÓ LA GORDA: EL DRAGÓN
EMPEZÓ A RETORCERSE DE DOLOR,
SU BARRIGA PARECÍA UNA MONTAÑA RUSA
Y RESONABA COMO DIEZ MIL TIMBALES.
¡ERA INSOPORTABLE! ARRASTRÁNDOSE
COMO PUDO LLEGÓ HASTA LA CABINA
MÁS PRÓXIMA, YA QUE ERA TAN TACAÑO
QUE NO TENÍA TELÉFONO.

DESDE ALLÍ TELEFONEÓ AL DOCTOR
CREMALLERA, APODADO ASÍ POR LA EXTRAÑA
MANERA QUE TENÍA DE TRABAJAR: SIEMPRE
QUE OPERABA A UN PACIENTE LE

INSTALABA UNA CREMALLERA POR SI SE DEJABA ALGUNA COSA OLVIDADA EN SU INTERIOR.

EL DOCTOR CREMALLERA LLEGÓ A TODA PRISA
CON SU INSTRUMENTAL DE TRABAJO, Y
AL ABRIR LA PUERTA DE LA CUEVA SE
ENCONTRÓ AL DRAGÓN QUE SE RETORCÍA
DE DOLOR Y GRITABA DESDE EL SUELO:
—¡DEPRISA, DOCTOR, ALGO ME ESTÁ
PATEANDO EL ESTÓMAGO!

SIN PERDER UN MOMENTO LE INSTALÓ UNA
DE SUS CREMALLERAS, Y AL ABRIRLA APARECIÓ
UN ELEFANTE QUE TAMBIÉN SE TOCABA
LA BARRIGA Y GRITABA:
—¡DEPRISA, DOCTOR, ALGO ME
MUERDE EL ESTÓMAGO!

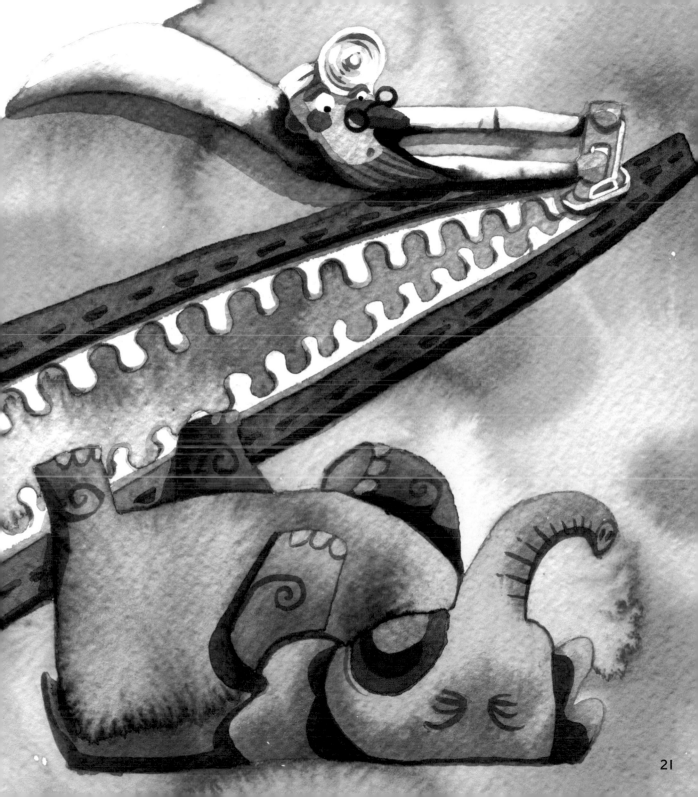

NO SE LO PENSÓ NI UN INSTANTE, LE INSTALÓ
UNA CREMALLERA, Y AL ABRIRLA APARECIÓ
UN LEÓN QUE RUGÍA DESESPERADO:
—¡DEPRISA, DOCTOR, ALGO ME DA
PICOTAZOS EN EL ESTÓMAGO!

AL ABRIRLO APARECIÓ UN ÁGUILA QUE
ALETEABA ENLOQUECIDA Y GRITABA:
—¡DEPRISA, DOCTOR, ALGO ME ESTÁ HACIENDO
TRIZAS LAS TRIPAS!

—¡RECONTRABISTURÍS, NUNCA HABÍA TENIDO TANTO TRABAJO! —DIJO EL DOCTOR CREMALLERA.

EN EL BUCHE DEL ÁGUILA APARECIÓ UN GATO
QUE MAULLABA ENFURECIDO:
—¡DEPRISA, DOCTOR, ALGO ME ROE
LAS ENTRAÑAS!

DE DENTRO DEL GATO SALIÓ UN
RATÓN QUE MOVÍA LOS BIGOTES
DESAFORADAMENTE Y CHILLABA:
—¡DEPRISA, DOCTOR, ALGUIEN
ESTÁ DANDO SALTOS EN
MI BARRIGA!

—¡DIOS MÍO, NO SÉ SI VOY A
TENER SUFICIENTES CREMALLERAS!
—EXCLAMÓ EL DOCTOR MIENTRAS
LE INSTALABA UNA DE LAS ÚLTIMAS.
ENTONCES APARECIÓ UNA RANA A LA
QUE TUVO QUE SUJETAR PARA QUE NO
SE ESTRELLARA CONTRA EL TECHO.

LA RANA CROABA DESESPERADA:
—¡DEPRISA, DOCTOR, CREO QUE LA BARRIGA
ME VA A ESTALLAR!

AL INSTALARLE LA ÚLTIMA CREMALLERA
APARECIÓ ¡EL HUESO DE LA ACEITUNA QUE
HABÍA PROVOCADO AQUEL DESAGUISADO!

EL DRAGÓN ENTONCES LO TOMÓ
CUIDADOSAMENTE ENTRE SUS DEDOS
Y EXCLAMÓ:
—BUENO, DESPUÉS DE TODO SÍ QUE ERA
UN BUEN MÉTODO DE ADELGAZAMIENTO.

PORQUE DEBÉIS SABER QUE, CON TODOS
AQUELLOS QUE HABÍAN SALIDO DE SU PANZA,
SE HABÍA QUEDADO MUY, MUY DELGADITO.

Y COLORÍN, COLORÓN, POR LA CHIMENEA
VOLANDO SE FUE EL DRAGÓN.

Dirección editorial: Raquel López Varela
Coordinación editorial: Ana María García Alonso
Maquetación: Cristina A. Rejas Manzanera
Diseño de cubierta: Jesús Cruz

No está permitida la reproducción total o parcial de este libro, ni su tratamiento informático, ni la transmisión de ninguna forma o por cualquier medio, ya sea electrónico, mecánico, por fotocopia, por registro u otros métodos, sin el permiso previo y por escrito de los titulares del Copyright. Reservados todos los derechos, incluido el derecho de venta, alquiler, préstamo o cualquier otra forma de cesión del uso del ejemplar.

© Carles Cano
© EDITORIAL EVEREST, S. A.
Carretera León-La Coruña, km 5 - LEÓN
ISBN: 84-241-8747-4
Depósito legal: LE.207-2006
Printed in Spain - Impreso en España
EDITORIAL EVERGRÁFICAS, S. L.
Carretera León-La Coruña, km 5
LEÓN (España)
Atención al cliente: 902 123 400
www.everest.es

CLEVELAND